낙타

낙타

신 경 림 시 집

창비

차 례

제3부

제1부

낙타

낙타를 타고 가리라, 저승길은
별과 달과 해와
모래밖에 본 일이 없는 낙타를 타고.
세상사 물으면 짐짓, 아무것도 못 본 체
손 저어 대답하면서,
슬픔도 아픔도 까맣게 잊었다는 듯.
누군가 있어 다시 세상에 나가란다면
낙타가 되어 가겠다 대답하리라.
별과 달과 해와
모래만 보고 살다가,
돌아올 때는 세상에서 가장
어리석은 사람 하나 등에 업고 오겠노라고.
무슨 재미로 세상을 살았는지도 모르는
가장 가엾은 사람 하나 골라
길동무 되어서.

이역(異域)

저 굵은 주름투성이 늙은이는 필시 내 이웃이었을 게다.

눈에 웃음을 단 아낙은 내가 한번 안아본 여인인지도 모르고.

햇살 환한 골목은 한철 내가 정들어 살던 곳이 아니었을까.

문앞 화분의 팬지도 벽 타고 올라간 나팔꽃도 낯설지 않아.

조그맣게 엎드려 사는 사람들은 말씨도 몸짓도 엇비슷해.

너무 익숙해서 그들 손에 묻은 흙먼지까지 익숙해서.

어쩌면 나 전생에 눈이 파란 이방인이었는지도 모르지.

다음엔 그들 조랑말로 이 세상에 다시 오는지도 몰라.

너무 익숙해서 그들 눈에 어린 눈물까지 익숙해서, 마지막

내가 정착할 땅에 가서 어울릴 사람들만큼이나 익숙해서.

허공

하얀 눈 위에
작은 발자국이 찍혀 있다
빨갛고 가녀린 발이 뿅뿅뿅 밟고 갔으리
언덕이 끝나는 곳에서
발자국은 끝나고

새파란 허공에
새 한 마리 해맑은 실루엣으로 찍혀 있다

내 발자국 끝나는 곳에서 나도 저처럼
둥실 떠올라
허공에 그림자로 찍힐 수 있을까

해맑기는커녕 검고 칙칙한 얼룩이 되어
누더기로 허공에 남을까
그것이 두렵지만

고목을 보며

그 많던 꿈이 다 상처가 되었을 게다
여름 겨울 없이 가지를 흔들던 세찬 바람도
밤이면 찾아와 온몸을 간질이던 자디잔 별들도
세월이 가면서 다 상처로 남았을 게다
뒤틀린 가지와 갈라진 몸통이
꽃보다도 또 열매보다도 더 향기롭고 아름다운 것은
그래서인데

내 몸의 상처들은
왜 이렇게 흉하고 추하기만 할까
잠시도 한곳에 머물지 못하고 떠돌게 하던
감미로운 눈발이며
밤새 함께 새소리에 젖어 강가를 돌던
애달픈 달빛도 있었고
찬란한 꿈 또한 있었건만
내게도

나의 신발이

늘 떠나면서 살았다,
집을 떠나고 마을을 떠나면서.
늘 잊으면서 살았다,
싸리꽃 하얀 언덕을 잊고
느티나무에 소복하던 별들을 잊으면서.
늘 찾으면서 살았다,
낯선 것에 신명을 내고
처음 보는 것에서 힘을 얻으면서,
진흙길 가시밭길 마구 밟으면서.

나의 신발은,

어느 때부턴가는
그리워하면서 살았다,
떠난 것을 그리워하고 잊은 것을 그리워하면서.
마침내 되찾아 나서면서 살았다,
두엄더미 퀴퀴한 냄새를 되찾아 나서면서

싸리문 흔들던 바람을 되찾아 나서면서.
그러는 사이 나의 신발은 너덜너덜 해지고
비바람과 흙먼지와 매연으로
누렇게 퇴색했지만.
나는 안다, 그것이
아직도 세상 사는 물리를 터득하지 못했다는 것을.
퀴퀴하게 썩은 냄새 속에서.

이제 나한테서도 완전히 버려져
폐기물 처리장 한구석에 나뒹굴고 있을 나의 신발이.
다른 사람들한테서 버려진 신발짝들에 뒤섞여
나와 함께 나뒹굴고 있을 나의 신발이.

즐거운 나의 집

사랑방에는 할아버지가 앉아 계신다.

그 앞에 무릎을 꿇고 앉은 것은 텃도지가 밀려 잔뜩 주눅이 든 허리 굽은 새우젓 장수다.

건넌방에는 아버지가 계신다.

금광 덕대를 하는 삼촌에다 금방앗간을 하는 금이빨이 자랑인 두집담 주인과 어울려

머리를 맞대고 하루종일 무슨 주판질이다.

할머니는 헛간에서 국수틀을 돌리시고 어머니는 안방에서 재봉틀을 돌리신다.

찌걱찌걱찌걱…… 할머니는 일이 힘들어 볼이 부우셨고,

돌돌돌돌…… 어머니는 기계 바느질이 즐거워 입을 벙긋대신다.

나는 사랑방 건넌방 헛간 안방을 오가며 딱지를 치고 구슬장난을 한다.

중원군 노은면 연하리 470, 충주시 역전동 477의 49,

혹은 안양시 비산동 489의 43, 서울시 성북구 정릉동

277의 29.

이렇게 옮겨 살아도 이 틀은 깨어지지 않는다.
할아버지는 사랑방에 아버지는 건넌방에, 할머니는 헛간에 어머니는 안방에 계신다.
내가 어려서부터 버스를 타고 기차를 타고 외지로 떠돈 건 여기서 벗어나고 싶어서였으리.
어쩌랴, 바다를 건너 딴 나라도 가고 딴 세상을 헤매다가도 돌아오면 다시 그 자리니.
저승에 가도 이 틀 속에서 살 것인가, 나는 그것이 싫지만.

어느새 할아버지보다도 아버지보다도 나이가 많아지면서 나는 나의 이 집이 좋아졌다.
사랑방과 건넌방과 헛간과 안방을 오가면서
철없는 아이가 되어 딱지를 치고 구슬장난을 하면서
나는 더없이 행복하다, 이 그림 속에서.

어쩌다 꿈에 보는

복사꽃이 피어 있었을 거야.

장마당 앞으로 길게 강물이 흐르고 강물 위로는 안개
가 피어나고.

사람들은 모이고 흩어지면서 웅성웅성 뜻 모를 말들을
주고받고

나는 덜렁덜렁 사람들 사이를 어슬렁거리면서 즐거워
도 하고 슬퍼도 했지.

어디선가 물새도 울었어, 아침인데도 닭들이 홰를 치고.

나는 노새였던가, 아니면 나귀였던가.

어쩌다 꿈에 보는 이것이 내 전생일까!

나는 나무가 되는 꿈을 꾸는 일도 있다.

낮이고 밤이고 여름이고 겨울이고 바람과 눈비에 시달
리면서

안타까이 그 전생의 나만을 추억하고 있는 꿈을.

조금은 거짓되기도 하고 또 조금은 위선에 빠지기도

하면서

그것이 부끄러워 괴로워도 하고 또 자못 안도도 하던
전생의,

그것이 억울하고 한스러워 밤새 잠을 이루지도 못하던
그 전생의 나만을 추억하고 있는 나무가 되는 꿈을.

어쩌다 꿈에 되는 이 나무가 내생일까!

버리고 싶은 유산

나는 늘 주머니나 배낭에
내가 만든 소도구를 가지고 다니는 모양이다.
새로운 것을 보겠다고 틈만 나면 보고타를 가고
시안(西安)을 가고 지안(集安)을 가고 베트남 후에도 가지만
그러면서 끊임없이 놀라고 감탄하지만
막상 내가 정성 들여 눈에 담아가지고 와서 보면
모두들 주머니 속이나 배낭 속 소도구에 의해
장식되어 있고 변형되어 있다.
그래서 나는 가끔 말한다, 이 세상에
새로운 것은 없다고.
그럴까? 정말 그럴까?

나는 문득 나의 이 소도구들이 싫어진다.
60년대, 70년대의 내 핏발선 눈이 싫고
80년대의 내 새된 목소리가 싫어진다.
버려야겠다, 몽땅 버려야겠다, 그래서

강물에 나가 주머니와 배낭을 말끔히 비우는데,
어쩌랴! 돌아와 보면 그 소도구들은
그냥 들어 있으니, 나를 비웃으면서

오는 봄 실크로드를 갈 때도
그 소도구들을 그냥 가지고 가게 되려나!

새벽이슬에 떠는 그 꽃들

오래전에 잊혀진 고도(古都)
허물어진 성문 아래 좌판을 차리리
금잔화와 맨드라미와 과꽃
씨앗 몇봉지 놓고.
진종일 기다리면 먼데 사는
두메 늙은이 하나 찾지 않으랴.
풍습도 말도 다른 늙은이의 손에 들린
꽃씨를 좇아 나도 가야지
낡은 내 몸에서 시원스레 빠져나와서.

절뚝이는 늙은이의 그림자도 되고
벗도 되고 심술도 되어
한해쯤 울안 울밖을 맴돌다보면
봉창 밑 작은 뜰에 꽃들이 피어나겠지.
나는 슬퍼하지 않으리
내가 돌아가 들어앉을 몸이 어느새
지상에서 사라져 없다 하더라도.

새벽이슬에 떠는 그 꽃들 이미
아름다운 내 집이 되어 있으리.

폐도(廢都)

한쪽은 햇살이 눈부시고
한쪽엔 찬비가 뿌리는
무너진 성과 집 사이의 무성한 잡초 속을
걸어가는,
이것이 내가 요즈음
하루걸러 꾸는 꿈이다.
멀리서 가까이서
사람들 모여서 웅성대는데도
그 모습 그 소리
보지 못하고 듣지 못하면서.
오래전에 버려진 도시 한 모퉁이를
덜렁덜렁 걸어가는,
당나귀처럼.

— 내가 세상을 이렇게 살아왔다고?
— 내가 살아온 세상이 이러하다고?
— 내가 저세상에 가서 걸어갈 길도

오래전에 버려진 도시 한 모퉁이일 거라고?

나와 세상 사이에는

철물점 지나 농방(籠房) 그 건너가 바로 이발소,
엿도가에 잇대어 푸줏간 그 옆이 호떡집, 이어
여보세요 부르면 딱부리 아줌마 눈 부릅뜨고
어서 옵쇼 내다볼 것 같은 신발가게.
처음 걷는 길인데도 고향처럼 낯이 익어.
말이 다르고 웃음이 다른 고장인데도,
서로들 사는 것이 비슷비슷해 보이고.

그러다 내 고장에 와서 나는 남이 된다,
큰길도 골목도 달라진 게 없는데도.
너무 익숙해 들여다보면 장바닥은
알아들을 수 없는 소리들로 가득하고,
술집은 표정 모를 얼굴들로 소란스럽다.
말이 같고 몸짓이 같아 오히려 낯이 서니
서로들 사는 것이 이렇게도 다른 걸까.

나와 세상 사이에는 강물이 있나보다.

먼 세상과 나를 하나로 잇는 강물이, 그리고
가까운 세상과 나를 둘로 가르는 강물이.

눈

내 몸이 이 세상에 머물기를 끝내는 날
나는 전속력으로 달려나갈 테다
나를 가두고 있던 내 몸으로부터
어둡고 갑갑한 감옥으로부터

나무에 붙어 잎이 되고
가지에 매달려 꽃이 되었다가
땅속으로 스며 물이 되고 공중에 솟아 바람이 될 테다
새가 되어 큰곰자리 전갈자리까지 날아올랐다가
허공에서 하얗게 은가루로 흩날릴 테다

나는 서러워하지 않을 테다 이 세상에서 내가 꾼 꿈이
지상에 한갓 눈물자국으로 남는다 해도
이윽고 그 꿈이 무엇이었는지
그때 가서 다 잊었다 해도

먹다 남은 배낭 속 반병의 술까지도

에메랄드 깔린 대로는 아닐 거야,
장미로 덮인 꽃길도 아니겠지,
진탕도 있고 먼지도 이는 길을
이 세상에서처럼 터덜터덜 걸어가겠지,
두런두런 사람들 지껄이는 소리 들리고
굴비 굽는 비릿한 냄새 풍기는 골목을.
잊었을 거야 이 세상에서의 일은,
먹다 남은 배낭 속 반병의 술까지도.
무언가 조금은 슬픈 생각에 잠겨서,
또 조금은 즐거운 생각에 잠겨서,
조금은 지쳐서 이 세상에서처럼.

귀로(歸路)에

간이며 쓸개를 꺼내 꿈도 꺼내고 추억도 꺼내 먼지와
소음으로 뒤범벅이 된 술집과 거리에 늘어놓고는

지나가는 사람들 다 불러모아 약장수처럼 한바탕 너스
레를 떨다가 철 지난 유행가 가락도 섞어서

저물면 주섬주섬 주워담아 넣고 돌아오는 버스 안에서
바라보는 새빨간 저녁노을

세상은 즐겁고 서러워 살 만하다고, 그것이 지금 노을
이 내게 들려주는 말이리

제2부

그 집이 아름답다

저분이 선생님이시다. 삼촌의 외경어린 목소리가 귀에 쟁쟁하다.

그 사랑방은 주춧돌도 집터도 남아 있지 않다.

모란과 작약이 있던 마당에 칙칙한 개망초가 어지럽게 피어 스산하다.

그는 모시 중의 차림이다. 어느새 그보다도 나이가 많아진 내가 그 앞에 앉아 있다.

선생은 평양을 가보았소? 개성을 가보았소? 그것이 당신이 꿈꾸던 아름다운 세상이었소?

나는 묻고, 그는 대답이 없다. 먼 산만 보고 있다.

그 안채도 우물도 간곳이 없다. 울 너머로 내다보던 살구나무도 없다.

묵밭에 개망초만 스산하다.

추적추적 비가 내리기 시작하면 묵밭은 허옇게 빛이 바랜다. 산도 하늘도 허옇게 바랜다.

그의 뜻을 따라 목숨을 버린 젊은이들의 넋이 허옇게 바랜다.

　돌아오는 차 속에서 그 집은 재생된다.
　사랑방과 대문 안으로 들여다보이던 우물과 그 앞이 살구나무가 되살아나고, 집 뒤로 늘어섰던 대추나무들이 되살아난다.
　그는 모시 중의 차림이다.
　개망초와 젊은 넋들이 묵밭을 허옇게 덮고 있지만,

　그 집이 아름답다, 그가 이룬 것이 없어 아름답고 그의 꿈이 이루어질 수 없는 것이어서 더욱 아름답다.
　아무것도 남아 있지 않아 아름답고 아무것도 남길 것이 없어 아름답다.
　그 집이 아름답다, 구름처럼 가벼워서 아름답다.
　내 젊은 날의 꿈처럼 허망해서 아름답다.

숨어 있는 것들은 아름답다

숨어 있는 것들은 아름답다.
들리지 않아 아름답고 보이지 않아 아름답다.
소란스러운 장바닥에서도 아름답고,
한적한 산골 번잡한 도시에서도 아름답다.

보이지 않는 데서 힘을 더하고,
들리지 않는 데서 꿈을 보태면서, 그러나
드러나는 순간.

숨어 있는 것들은 아름다움을 잃는다.
처음 드러나 흉터는 더 흉해 보이고
비로소 보여 얼룩은 더 추해 보인다.
힘도 잃고 꿈도 잃는다.

숨어 있는 것들은 아름답다.
보이지 않는 데서 힘을 더하고
들리지 않는 데서 꿈을 보태면서,

숨어 있을 때만, 숨어 있는 것들은 아름답다.

눈발이 날리는 세모에

하나는 십수년 징역을 살고
하나는 그가 세상에 두고 간 아내와 딸을 거두고 먹이
고 가르치고
오랜 세월

하나가 창살 안에서 달을 보며 주먹을 쥔 그 숱한 세월
하나는 거리에서 비와 바람에 맞서 땅도 넓히고 집도
올리고
그가 두고 간 아내와 딸과 더불어

이제 세상에 나와 하나는
더 좋은 세상을 만들겠다며 목이 쉬어 거리를 누비고
뜻없이 산 세월이 원통해 하나는 한숨으로 세월을 보
내다가도

눈발이 날리는 세모에 마침내 마주앉아 그들 술잔을
부딪친다

자네 있어 나 든든하다면서
자네 있어 나 자랑스럽다면서

이 땅에 그들 친구로 태어나서
바람과 눈비 속에 형제로 태어나서

눈발이 날리는 세모에

아름다운 저 두 손

소녀의 속옷을 들치고
부두에서 검은 물건을 나르고
저 두 손이
뒷골목에서는 열병도 앓고
죽음과도 맞닥뜨리고
오랜 방황 뒤에는
아내를 얻어 아이를
낳고 기르고
먼지와 땀으로 범벅이 되어
나 이렇게 살았노라
높이 치켜들렸다가는
슬그머니 엉덩이 뒤에 가 숨는
저 두 손이

별이 뜨는 언덕에 꽃도 가꾸고
지상에 가득 나무를 심고
부끄러움을 심고

아름다움을 심고

부끄러운 저 두 손이
아름다운 저 두 손이

그녀의 삶

광부의 아내가 되었을 게다,
낙반으로 허리를 다친 아버지를 닮은
광대뼈 불거진 사내의 아내가.
탄가루 시커먼 울타리에 호박 심고
강냉이 심고 고추 심고,
아들 낳고 딸 낳고.
삼십촉 흐린 전등 아래서
남편의 떨어진 양말을 꿰매다가
문득 비벼보는 침침해진 눈.
더러는 남편을 따라나가
삼겹살에 소주도 한두 잔 기울이면서.
떠올려보았을 게다, 별이 되어 가슴에 박힌
그림자처럼 스쳐간 사람들의 모습을,
어떤 사람은 흐리게 또 어떤 사람은 진하게,
기쁨을 준 사람을 또 슬픔을 준 사람을.
호박잎 강냉이잎 고춧잎에
탄가루가 날아와 앉는 사이

오년이 가고 십년이 가고 이십년이 가고,
아이들은 자라고 남편은 늙고.
어떤 별은 아예 사라지고 어떤 별은
더 크고 밝아지고 세월 따라.
아이들은 객지로 가고 대처로 가고
마침내 남편도 가슴속의 별이 되면서.

행복했을 게다, 아니 불행했을 게다,
긴 세월 뒤 제 자란 주막 자리로 돌아와
제 어미처럼 쭈그리고 앉아서.
끝내는 스스로 제 가슴속의 별이 되면서.

너무 오래된 교실

윤민구: 50년 가을 아버지를 따라 월북, 그뒤 소식
없음.

유호영: 50년 여름 인민의용군에 지원입대, 북쪽 어딘
가에 살아 있으면서 남쪽의 가족을 찾는다는 소식.

김만근: 51년 입대, 그해 동부전선에서 전사.

신만석: 52년 입대, 팔 하나를 잃고 돌아와 주정과 행패
로 세월을 보내다가 읍내에서 횡사.

홍정희: 50년 가을 행방불명, 그뒤 월악산에서 시체로
발견됨.

이성옥: 제대 후 객지를 떠돌다가 서울 근교의 공사장
에서 사고사.

그리고 이름이 떠오르지 않는 얼굴들이 네댓……

비가 들이치는 낡은 교실
창에는 벚꽃잎이 달라붙고
깔깔대는 소리 오르간 소리
반가워 들어서다가 나는 두려워진다

너무 오래되어서 그 교실
너무 오래되어서

매화를 찾아서

구름떼처럼 모인 사람들만 보고 돌아온다
광양 매화밭으로 매화를 보러 갔다가
매화는 덜 피어 보지 못하고.
그래도 섬진강 거슬러 올라오는 밤차는 좋아
산허리와 들판에 묻은 달빛에 취해 조는데.
차 안을 가득 메우는 짙은 매화향기 있어
둘러보니 차 안에는 반쯤 잠든 사람들뿐.
살면서 사람들이 만드는 소음과 악취가
꿈과 달빛에 섞여 때로 만개한 매화보다도
더 짙은 향내가 되기도 하는 건지.
내년 봄에도 다시 한번 매화 찾아 나섰다가
매화는 그만두고 밤차나 타고 올라올까.

제3부

공룡, 호모사피엔스, 그리고…

우리는 지금 거대한 공룡이다.
땅위의 것, 땅속의 것, 하늘의 것, 바다의 것 가리지 않고 먹어치워서
몸은 움직일 수 없을 만큼 비대해졌지만.

언젠가는 우리가 먹을 것을 아무데서도 찾을 수 없는 날이 오리라. 그리하여
마침내 이웃을 먹고 친구를 먹고, 끝내는 가족까지 먹는.

한 천만년 뒤 우리는 하얀 화석으로 발견되겠지.
태평양 연안에서, 미시시피 강변에서, 알프스 산맥 어느 기슭에서, 바이칼 호의 얼음 밑에서,
한반도의 끝 남해 가까운 해변에서.

우리를 발견한 새로운 존재들은 의논이 분분할 거야.
공룡의 절반의 절반의 절반의 절반도 안되는 동안 이들이 세상을 지배하다 멸망한 원인을 놓고.

또 이들이 만든 문명의 가치를 놓고.

그들 중 몇이나 알고 있을까, 그들 또한 이전 존재와 조금도 다르지 않은 길을 가고 있다는 것을.
좀더 풍요롭고 편리하고 즐거운 세상을 위하여 마구잡이로
자연을 파괴하고 자원을 낭비하면서.

아, 막달라 마리아조차!

안된 얘기지만 나는 후련했다, 미국 남부를 카트리나가 휩쓸었을 때, 아프간에서 이라크에서 그만큼 했으니, 너희들도 당할 때도 있어야 한다고.

하지만 생각해보니 왜 하필 그들인가? 그 잘나고 힘센 사람들은 다 두고 제일 못나고 가난하고 힘없는 사람들만 수만 수십만이 죽고 다치고 부서져야 했는가?

우리가 너무 오만방자해서, 함부로 산을 뚫고 바다를 메우고 땅속의 것 땅위의 것 가리지 않고 마구잡이로 걷어다 쓰는 바람에, 자연이 노해서 보복을 시작했다는 말에도 나는 동감이다.

하지만 왜 하필 그들인가, 이 지구상에서도 가장 가난하고 가장 순박하고 가장 욕심없이 사는 인도네시아, 스리랑카, 인도 그리고 파키스탄을 골라 해일이 뒤덮거나 지진이 뒤흔들어 수십만 목숨을 빼앗고 병들이고 온 땅을 폐허로 만드는가?

저 높은 데서 그분은 항시 우리를 내려다보고 계신다는 것, 그 말도 나는 믿는다. 한데 그분 너무 높이 계셔서 멀리 계셔서, 아래서 일어나는 일을 세세히 보고 계시지 못하는 건 아닐까?

　인간이라는 것, 마치 우리가 개미나 하루살이를 보듯 해서 그 속에 슬픔도 있고 기쁨도 있고 사랑도 하고 다투기도 한다는 것 다 모르고 계시는 건 아닐까, 혹시?

　그분 아드님의 발에 향유를 뿌리고 눈물로 닦고 머리 칼로 씻은 막달라 마리아조차 아무것도 보지 못하고 있는 것은 아닐까? 너무 높이 계셔서, 너무 멀리 계셔서.

　세계화와 신자유주의의 빛만 보면서 저 APEC에서의 정상들의 화려한 말잔치만 보면서, 지상에서 더는 꿈도 기쁨도 가질 수 없어 스스로 목숨을 끊은 젊은 농사꾼의 탄식 따위 아예 듣지 못하고 있는 것은 아닐까?

　아, 막달라 마리아조차!

용서

성당 앞 골목에서 아이들이 개미떼를 짓밟고 있다.

어떤 놈은 몸이 두 동강이 나고 어떤 놈은 머리가 땅에 달라붙어 떨어지지 않는다.

다리가 몽땅 떨어져나간 몸통만을 가지고 땅바닥을 허우적거리는 놈도 있다.

아이들은 더 신명이 난다. 조각조각 찢다 못해 가루가 되도록 짓이기는 녀석도 있다.

개미굴은 아예 까뭉개져 자취도 없다.

그 밤 나는 꿈을 꾸었다.

내가 개미가 되어 거대한 존재한테 짓이겨지는.

내가 사는 도시가 조각배처럼 흔들리고 큰 건물들이 종이집처럼 맥없이 주저앉는.

나와 내 이웃들이 흔들리는 골목을 고래의 뱃속에서처럼 서로 부딪치고 박치기를 하며 우왕좌왕하는.

우리가 사는 것과는 아무 상관도 없는, 우리의 존재와도 우리의 생각과도 우리의 증오와도 우리의 사랑과도 그밖의 우리의 아무것과도 상관이 없는 그 거대한 존재를 향해, 오오 주여, 용서하소서, 끊임없이 울부짖는.

천년을 만년을 그렇게 울부짖기만 하는.

누가 누구를 용서하고, 무엇 때문에 용서하는지도 모르면서.

하느님은 알지만 빨리 말하시지 않는다

이레 동안 줄기차게 비가 내려 강이 넘치고 성난 강물이 한밤중에 강마을을 덮쳤다.

죽고 다치고 떠내려가고 부서지고…… 백여 호 중 멀쩡하게 살아남은 곳은 단 세 군데, 교회와 동사무소와 슈퍼마켓.

건설현장에 함께 노무자로 다니던 부자는 십리 아래 갯벌에서 따로따로 시체로 발견되었다.

슈퍼마켓의 판매원 처녀는 반 토막이 난 달개방에 휩쓸려 떠내려가서는 열흘이 넘도록 찾아지지 않았다.

바쁠 때만 동사무소에 나가 일을 도와주는 늙은 퇴직 공무원은 큰 바위에 다리가 깔려 산송장이 되었다.

노래방에 도우미로 나간다고 풍문이 돌던 동사무소 아랫집 젊은 새댁은 다리 난간을 붙잡고 겨우 목숨을 구했으나 뱃속의 아기를 잃었다.

………

모처럼 햇살이 눈부신 주일날, 수마가 할퀴고 간 폐허

위라서 더 밝고 환한 교회에서 집회가 열렸다. 목사 소리 높여 설교하기를 "하느님은 알지만 빨리 말하시지 않는다."*

집을 잃고 이웃을 잃고 삶의 터전을 잃은 사람들 엎드려 오오 하느님 울부짖기만 할 뿐, 감히 질문하지 못하니,

무엇을 알고 무엇을 빨리 말하시지 않는다는 것인지, 하느님이.

* 똘스또이의 동화 제목에서 따왔음.

Cogito, ergo sum

바닥을 모를 탐욕이, 천지에 두려움을 모르는 오만이,
이 세상에 오로지 나뿐이라는 무지가,
　우리의 눈을 멀게 하고, 귀를 어둡게 하고, 코와 혀와
살갗을 무디게 만들어.

　마침내 우리는
　새와 짐승과 벌레도 다 느끼고 알아듣는 하늘의 노호
와 땅의 울음과 바다의 몸부림을 전혀 알아채지 못하고
말았으니.

　어찌 허망하지 않은가,
　쥐라기 백악기의 공룡도 멸종 직전 만물의 영장을 자
처하며 "Cogito, ergo sum.* Cogito, ergo sum" 하고 기
고만장했을 터이니.

　어쩌면 우주에는 지구처럼 사람이 사는 별이 몇만 개
몇십만 개 몇백만 개가 더 있어,

지진해일 같은 천재지변도 이곳저곳에서 매일처럼 일어나는 한갓 작은 흔들림에 지나지 않을는지는 모르겠으나.

그분은 저 높은 데서

늙은 아버지가 약물중독으로 죽자 경찰은 그 외아들을 구속한다. 재산을 노린 패륜범죄란다. 이어, 아프가니스 탄의 한 오지마을, 미군의 오폭으로 다리를 잃은 소년이 관광객에게 매달려 적선을 호소한다. 헐벗은 들판을 큰 물이 핥고 가는 평안도의 한 마을이 비치기도 한다. 복구 에 나선 사람들의 옷차림이 남루하고 얼굴에 핏기가 없 다. 이번에는 뻔뻔할 만큼 잘난 사람들의 이 당 저 당 옮 겨다니는 궁색한 변명이다. 하나같이 얼굴에 번들번들 기름이 돈다……

낡은 집을 새집으로 바꿔주는 이벤트도 벌어진다. 자 기 방도 자기 침대도 가져보지 못한 소녀는 눈앞에 펼쳐 진 제 방의 침대와 책상 앞에서 웃음이 함박처럼 피었 고……

텔레비전이며 신문에서 매일처럼 펼쳐지는 현실이고 일상이다. 그런데도 나는 채널을 돌리면서 신문을 뒤적 이면서 번번이 흥분하고 분개한다, 주먹을 부르쥐고 탄 식하고 눈시울을 적신다. 그러는 나 자신이 한심하고 딱

해서 채널을 돌렸다가도, 그가 정말 범인일까 의심스러워 다시 찾아들어가고, 다리 잃은 소년의 모습이 안타까워 신문을 더 뒤적이고, 잘난 사람들의 뒷소식을 두 번 세 번 확인하고⋯⋯

　그분은 저 높은 데서 다 보고 계실 거다, 또 알고 계실 거다. 채널을 돌리지 않고도, 신문을 뒤적이지 않고도.
　그러나 무얼 하랴, 그분한테 세상을 바로 고칠 의지도 뜻도 없는 데야.

이슬에 대하여
시안(西安)에 가서 도열해 서 있는 수천 기의 병마용(兵馬俑)을 보다

도열해 서 있는 저 수천 기의 병마용은 만고의 폭군이 자기를 지키는 병사와 말까지도 권력과 영화를 위해서라면 거침없이 죽였음을 말해준다. 그가 저 병사와 말 들을 시켜 짓밟고 불태운 마을은 얼마며 갈가리 찢고 죽인 백성은 또 얼마이랴. 그런데도 그가 죽인 저 병사들의 자손, 그 병마가 죽인 백성들의 자손들은 2천년이 지난 오늘 그 만고의 폭군을 은근히 기린다. 그 덕에 이곳의 그 많은 사람들이 먹고사는 게 아니냐면서. 또 그 아니면 이곳이 세상에서 가장 뛰어난 문화를 가진 땅임이 어찌 알려졌겠느냐면서. 짓밟히고 불탄 마을과 들판에 널린 시신이야 한갓 옛날이야기일 뿐. 그러니

어찌 탓할 수만 있으랴, 착한 이웃들이 그가 이룩한 작은 성과를 자못 자랑스러워하면서 우리의 작고 매운 독재자를 기리고 있다 한들. 도시와 공장과 고속도로에 밴 눈물과 피는 해가 뜨면 자국도 없이 스러지는 한갓 이슬 같은 것인가.

동시 칠수(童詩七首)

아기 노루

아기 노루가
길을 잃었네

함박눈이 쏟아져
앞이 안 보여

눈은 쌓이고
길은 묻히고

엄마를 부르며
헤매다보니

산기슭에
외딴집 하나

아기 혼자
낮잠을 자네

쌔근쌔근
아기 노루도

나란히 누워
낮잠을 자네

밖에는 펑펑
눈이 내리고

소리

사각사각 창밖에
싸락눈 오는 소리

살랑살랑 잔바람
마른가지 흔드는 소리
옹알옹알 방 안에
우리 아기 잠꼬대 소리
새액새액 땅속에
애벌레 숨쉬는 소리
나비 꿈을 꾸면서
애벌레 숨쉬는 소리

추운 별

엄마
별이 추운가봐
창문으로 들여다보며
자꾸만
들여보내달라는 걸 보면

아가야
눈을 꼭 감으렴
별들이 네 꿈속으로 들어와
따듯하게 따듯하게
잠들게 하렴

꼬부랑 할머니가

꼬부랑 할머니가
두부 일곱 모 쑤어 이고
일곱 밤을 자고서
일곱 손주 만나러

한 고개 넘어섰다
두부 한 모 놓고

길 잃고 밤새 헤맨
아기 노루 먹으라고

두 고개 넘어섰다
또 한 모 놓고
먹이 없어 내려온
다람쥐 먹으라고

세 고개 넘어섰다
두부 한 모 놓고
알 품고 봄 기다리는
엄마 꿩 먹으라고

네 고개 넘어섰다
또 한 모 놓고
동무 없어 심심한
산토끼 먹으라고

다섯 고개 넘어섰다
두부 한 모 놓고
눈 속에서 병든
오소리 먹으라고

여섯 고개 넘어섰다
또 한 모 놓고
외로워 짝 찾는
산비둘기 먹으라고

일곱 고개 넘어서니
일곱 손주 기다리는데
두부는 안 남고
한 모밖에 안 남고

우리 아기 깰라

바람도 가만가만
들판을 가만가만
우리 아기 깰라
창밖을 가만가만

달님도 가만가만
구름 속을 가만가만
우리 아기 깰라
그림자도 가만가만

기차도 가만가만
철길을 가만가만
우리 아기 깰라
철교를 가만가만

쿨쿨

땅속에서는
개구리가 쿨쿨
굴속에서는
아기 곰이 쿨쿨
지붕에서는
아기 참새 쿨쿨
방 안에서는
우리 아기 쿨쿨

겨울잠

잠자면서 쑤욱쑤욱
꿈꾸면서 쑤욱쑤욱

곰돌이도 쑤욱쑤욱

개구리도 쑤욱쑤욱

참나무도 쑤욱쑤욱

눈사람도 쑤욱쑤욱

모두모두 쑤욱쑤욱

잠자면서 쑤욱쑤욱

제4부

인샬라

날아가는 양탄자가 있을 것 같고 문지르면 거인이 나오는 요술램프도 있을 것 같다.

관광객으로 만원을 이룬 그랜드 바자르*는 그대로 미로다. 모퉁이를 돌아도 또 그 가게요 또 돌아도 또 그 가게다. 비슷비슷한 옷가게 기념품가게 양탄자가게 모자가게가 끝도 없다. 문 앞에서 손님을 부르는 주인의 입에서 나오는 '형제의 나라'라는 말이 자연스럽다.

지쳐서 출구를 찾아나오니 길 앞에 택시가 기다리고 서 있다. 우리는 차에 올라 "탁신"* 하고 행선지를 알리고, 기사는 엄지손가락을 꼽아 형제의 나라 코리아에서 왔느냐 환호하고, 차는 신바람이 나서 이스탄불 밤거리를 달린다. 비잔티움 시장을 지나고, 콘스탄티노플 사원을 지나고, 오스만 제국의 왕궁을 지난다. 바닷가 언덕에 와서 차는 멎는다.

30리라가 나왔기에 100리라짜리 지폐를 내주니 받아 주머니에 넣는다. 그것이 도로 나오며 거스름돈이 없으니 달러로 계산하라고 요구한다. 다른 사람이 어리둥절

해서 달러 몇 장을 빼든 손에서 100달러짜리 지폐가 그의 손으로 옮겨간다. 거스름돈을 줘야 하지 않느냐니까 내가 언제 돈을 받았느냐며 펴 보이는 그의 손은 비어 있다. 얼이 빠져 우리는 각각 주머니를 털어 30리라를 지불하고 차에서 내린다. 피자집에 들어와 소금만으로 구운 짠 피자를 찍어먹으면서야 우리는 깨닫는다. 100리라짜리는 그의 주머니 속에서 1리라짜리로 바뀌고, 100달러짜리는 그의 손안에서 감쪽같이 사라졌다는 것을. 또 돌아오는 길에 확인한다. 그 길이 7리라밖에 들지 않는 짧은 길이었다는 것을.

이튿날 아침 그랜드 바자르 앞에 가보니 그의 차가 서서 손님을 기다리고 있다. 나를 알아보았는지 빙그레 웃는다. "하느님은 위대하시다." 막 기도소리가 들리고 있는 참이다. 내가 먼저 말했는지도 모르겠다.

"인샬라"*

* 그랜드 바자르는 터키 이스탄불의 시장으로 창설한 지 6백
  년이 되었고 상점은 3천개가 훨씬 넘는다. 탁신은 서울의 인
  사동 같은 곳.
* 인샬라는 "신의 뜻대로"라는 뜻, '인생이란 다 그런 거야'라
  는 체념의 뜻으로 많이 쓰인다.

카파도키아의 호자

한때는 사람들이 굴을 파고 살기도 했던 수천수만 개의 삐죽삐죽 서 있는 기암괴석들이 멀리 한눈에 들어오는 언덕에 기념품가게는 자리잡고 있다. 주인은 키가 작은 늙은이고 여주인은 딸만큼이나 젊다. 늙은 주인은 연방 웃으면서 손으로 관광객들을 가게 안으로 유인하고, 관광객들은 거들떠도 안 보고 눈앞의 정경에 탄성으로 지르고 기암괴석을 배경으로 사진을 찍는다. 마침내 늙은 주인은 물건 파는 일을 단념하고 밖으로 나온다. "마이 프렌드, 오오 마이 프렌드!" 사진사가 되어 셔터를 누르면서, 모델이 되어 사진에 박히면서,

카파도키아의 호자*는 마냥 즐겁다.

화장실을 찾으니 젊은 여주인이 손짓으로 설명을 한다. 알아들을 수가 없다. 먼저 답답해진 그녀가 앞장을 선다. 언덕을 한참 내려간 곳에 간이화장실이 있고, 그녀는 용무가 끝날 때까지 기다렸다가, 올라오는 길에서도 앞장을 선다. 가게로 들어서자 젊은 여주인은 늙은 주인

을 향해 무어라 설명을 하고, 늙은 주인은 손바닥을 앞으로 내밀고 어깨를 움찔한다. 나는 고마워서 음료수 한 병을 샀다. "마이 프렌드, 오오 마이 프렌드!" 음료수 병을 내밀면서, 돈을 받으면서,

카파도키아의 호자는 그저 행복하다.

버스가 시동이 걸리지 않는다. 도리없이 머무는 시간이 15분에서 한 시간으로 연장되었다. 그제야 사람들은 우르르 가게 안으로 몰려들어간다. 저렴한 옷과 가죽지갑이 동이 난다. 주인 내외가 갑자기 바빠졌다. 물건을 내주랴 돈을 받으랴 정신이 없다. 이윽고 한 시간이 지나 우리를 실어나를 다른 차가 도착했다. 우리는 차에 오르고 늙은 주인은 고장난 버스 운전사와 새삼스럽게 악수를 한다. "마이 프렌드, 오오 마이 프렌드!" 한손은 운전사의 손에 잡혀 있으면서, 한손은 우리를 향해 흔들면서,

카파도키아의 호자는 더없이 정답다.

* 카파도키아: 수백만년 전에 폭발한 화산의 용암이 식으면서 형성된 고장으로, 세월이 흐르면서 비와 바람이 깎고 다듬어 수천수만 개의 기암괴석과 천태만상의 동굴을 만들어놓은 터키의 명소다. 기암괴석에는 저절로 굴이 파였고, 땅속 동굴에는 수만 인구가 살 수 있는 지하도시가 형성되었다.

* 호자(Hoca): 13세기에 살았던 재담가요 익살꾼. 바보 현자(賢者)로 불리며 터키 사람들에게 가장 사랑받는 인물이다.

코니아의 동전

그리스와 로마 시대를 통과하고 눈 쌓인 설원을 지나니 바로 오늘의 터키다. "하느님은 위대하시다. 하느님 이외의 신은 계시지 않는다." 기도시간인가보다. 그런데도 돔과 고풍스러운 건물이 들어찬 코니아*의 거리는 사람들로 붐빈다. 가다 서다 하는 차 안에서 우리는 그들을 구경하고 그들은 차창으로 우리들을 들여다본다. 동전 속의 아타투르크*를 닮은 얼굴들이 빛난다.

아라에딘 모스크에선 화장실이 멀다. 서둘러 구경을 하고 화장실로 달려가니, 여자화장실 수금원은 자리를 비워 남자화장실 수금원뿐이다. 남자 이용객이 적은 것을 보고 그는 친절하게 여자들을 남자화장실로 인도한다. 손을 내밀지만 돈을 내는 사람은 없다. 누군가 하나 그 손바닥에 동전을 놓아준다. 그가 흰 이를 그러내며 웃는다. "마샬라."* 동전이 검은 손안에서 반짝 빛난다.

메블라나 사당*을 나오니 소년들이 장난질을 치고 있

다. 도망가려는 소년 둘을 가까스로 붙잡아 함께 사진을 찍는다. 사진을 다 찍은 소년들은 그냥 가지 않고 어리광스럽게 손을 내민다. 무심코 동전을 꺼내들었다가 나는 도로 주머니에 넣고 만다. 하얗고 보드라운 그들의 손안에서는 아무래도 동전이 반짝 빛날 것 같지가 않다.

* 코니아: 셀주크 투르크 공국의 옛 수도로 터키문화의 중심지.
* 아타투르크: 근대 터키의 아버지로 추앙받는 사람으로, 그의 초상은 지폐나 동전에 새겨져 있고 식당 가게에도 걸려 있다.
* 마샬라: "신의 가호가 있기를"이라는 뜻.
* 메블라나 사당: 시인이며 철학자인 메블라나가 묻혀 있는 곳.

따듯한 손, 할머니의

하싼 산*에서 불어오는 바람이 자못 차다

바람에 못 견디듯 차는 한 마을 앞에 와 서서는 더는 움직이지 않는다

우리는 차에서 내리고 마을사람들 두엇이 문간에서 이방인들의 고장난 차를 구경하고 섰다

마을 뒤로는 바위 언덕이고 그 뒤로는 기괴한 형상의 바위 무리들이다

차를 고치자면 시간이 걸린다 한다 우리 중 몇이 행선지 방향으로 걷기 시작한다

풀 한 포기 없는 황지가 끝없이 뻗어 있고 그 뒤로 마을이 드문드문하다

뒤로는 붉은 바위 무리들이고 또 뒤로는 하얀 설산이다

아주 멀리 높다란 첨탑의 모스크를 둘러싼 큰 마을이 보이기도 한다

고속으로 지나가는 차들이 설산에서 불어오는 모진 바람에 연방 모래를 맞는다

1킬로… 3킬로… 6킬로… 한 시간… 한 시간 반… 차는

따라올 생각이 없다

춥고 지쳤는데 바람을 피할 가게 하나가 없다

문득 길가에 작은 주유소가 보인다 편의시설이 없는 간이주유소다

늙은이가 혼자서 오토바이에 손작업으로 기름을 넣고 있다

주유소에 딸린 살림방에서 할머니가 나왔다

주전자를 들고 통하지 않는 말 대신 손짓으로 우리를 부른다

잔에 가득 찬물을 따라 권한다

가구 하나 없는 썰렁한 방이 찬물만큼이나 차다

의자를 덮은 양탄자들은 찬물보다 더 차다

할머니의 손만이 따듯하다

* 하싼 산(Hassan Mt.): 터키의 중앙지대에 있는 해발 3,263미터의 설산.

유폐

유폐(幽閉)되고 싶다.
사프란블루* 밤비 내리는 고도에서
꼬불꼬불한 거리를 헤매다가 출구를 잃고서.

까페에 앉아 포도주 한잔 앞에 놓으면
이승에선 듯 저승에선 듯
거리를 지나는 마차 소리 말발굽 소리 들리리.
낡은 탁자 한 귀퉁이에서
낯익은 옛사람의 이름들 찾아지지 않은들 어떠랴,
먼 동방에서 몇백 날 몇천 날을 타고 걷고 달려와
미로를 헤매다가 출구를 잃고서
천년 동안 오백년 동안
유폐되었을 그들의.

더 깊은 곳 더 먼 곳으로 유폐되고 싶다,
돌아올 수 없는 아주 먼 옛날로 유폐되고 싶다,
오백년 뒤 천년 뒤의 내 초라한 모습을 까맣게 몰라서

오히려 행복할 테니, 그들 속에 섞여서.
사프란볼루, 밤비 내리는 고도에서.

나, 그들 속에 섞여서 행복할 테니.

* 사프란볼루: 터키의 흑해 연안에 위치한 옛 도시. 동서문물
  교류의 중간 기착지로, 도시 전체가 유네스코 세계문화유산
  으로 등록되어 있다.

유경소요(柳京逍遙)

버드나무 가지가 보통강 물 위에 낮게 드리워져 있다. 물새가 물속으로 꽂혔다가 수직으로 날아오른다. 하늘도 호수도 잿빛이다. 큰물이 지나간 자국이 잿빛 건물 창틀까지 올라와 있다.

진홍의 치마저고리를 입은 중년 여인들이 셋 걸어오다가 우리를 보고는 소스라쳐 발길을 돌린다. 따라가 말을 붙이니 마지못해 반갑습네다. 진홍빛 치마저고리도 손에 든 노란 조화도 빛이 바랬다.

보통강 여관 주변의 건물들은 거대하고 웅장하다. 벽에 붉은 글씨로 씌어 있는 "위대한 수령 김일성 동지는 영원히 우리와 함께 계신다"도 거대하고 웅장하다. 중학생 둘이 낡은 우산을 함께 쓰고 조그맣고 활기 없는 걸음걸이로 거대하고 웅장한 건물 밑을 지나간다.

여관에서 복무하는 처녀들은 한결같은 서도 미녀들이

다. 우리 민족끼리인데 통일이 안될 리 있겠습네까. 그 말씨도 곱고 밝다. 호반에서 보는 거리에는 사치한 집들도 노랫소리도 없다. 종일 추적이는 비도, 바람이 없는데도 흐느적대는 버드나무도 빛이 바랬다.

* 유경(柳京)은 평양의 다른 이름. 고려시대의 시인 정지상(鄭知常)은 '녹창주호생가인(綠窓朱戶笙歌咽)'이라고 평양의 풍물을 노래한 바 있다.

유송도(游松都)

물은 맑은데 산에도 시내에도 나무가 드물다. 옹기종기 길에서 돌아앉은 집들은 폐가처럼 낡았고 더러 보이는 건물에는 창 대신 뻥뻥 구멍이 뚫려 있다. 집 그늘에 두 중년이 앉아 멍하니 하늘을 보고 있다. 가방을 멘 소학생 서넛이 우리 차를 향해 손을 흔든다. 흙먼지 속에서 모두들 얼굴이 검고 눈이 퀭하다. 그 뒤로 리발소와 상점은 문이 닫힌 채다. 선죽교와 성균관은 활기가 있어, 성장을 한 고운 여인들이 심한 서도사투리와 해맑은 웃음을 섞어 기념품과 단배물을 판다. 선죽교 아래로 흐르는 물은 하늘빛으로 맑고 성균관 앞마당의 늙은 은행나무들은 화사하게 잎을 피웠다.

나무가 없고 잡초와 넝쿨뿐인 산에 올라가 묘목을 심는다. 여기저기 지난해 심은 나무가 말라비틀어져 있다. 이 나무들도 내년이면 저런 모습으로 버려져 있을 것을 생각하니 가슴이 답답하다. 저 능선을 따라 올라가면 산토끼도 뛰놀고 더 따라올라가면 만월대도 서 있겠지. 버스에 오르면서 어린 경비병에게 송악을 물으니 귀찮다는 듯 총을 멘 어깨 뒤를 손가락질한다. 갈림길에서 잠시 버스가 섰는데 한떼의 젊은이들이 다가온다. 개성공단에서 일을 마친 근로자들이 타박타박 삼십리를 걸어돌아오는 길이다. 뽀얗게 먼지가 앉은 신발에 저녁햇살이 내려비춘다. 붉은 저녁햇살 속에서는 나무가 없는 민둥산도 아름답다.

나마스테

안나푸르나 연봉과 마차푸차레*는 비단구름을 감았다 풀었다 하면서 영 시원하게 몸과 얼굴을 보여주지 않는다.

고산병으로 ABC*까지 오르지 못한 몇몇은 로지* 처마 밑으로 걸상을 들여다놓고 앉아 잔비를 피하면서 멀리 올라온 길을 내려다본다.

삼천칠백 고지, 너무 높이 올라온 것이 산에 대한 불경인 것 같아 두렵다.

인간이 보아서는 안될 것, 들어서는 안될 것을 지금 우리는 보고 듣고 있는지도 모른다.

구르릉구르릉… 우렛소리를 내면서 멀리 발아래로 눈더미가 무너져내린다.

지지난해에는 저런 눈사태에 독일서 온 트레커가 여섯이나 묻혔다.

우리를 따라온 포터들도 여기 로지를 지키는 산사람들도 모두 마오주의자들이다.

나마스테,* 마주칠 적마다 친절한 인사로 웃지만 지금 그들 속은 히말라야 연봉처럼이나 뜨겁게 타고 있다.

어둠이 설산과 골짜기를 차례로 덮으면서 눈발이 날리기 시작하더니 이내 폭설로 바뀐다. 저녁을 먹고 났을 때는 겨우 신발이 묻혔으나 오리털 파커를 입은 채 침낭 속에 누웠다가 걱정이 되어 나가보니 발목이 빠진다.

다시 나왔을 때는 눈이 그치고 마차푸차례 꼬리와 허리 사이 좁다란 하늘에 환하고 커다란 별들이 빽빽하다.

깎아지른 봉오리들이 모두 달려들 것처럼 서슬을 세웠다.

나는 그쪽을 향해 꾸벅 절을 한번 한다, 나마스테.

무엇인가가 그저 두렵고 두렵다.

* 마차푸차례: '물고기의 꼬리'라는 뜻을 지닌 해발 6,993미터의 히말라야 연봉.
* ABC: 안나푸르나 베이스캠프.
* 로지(lodge): 베이스캠프 가는 길 곳곳에 있는 산장.
* 나마스테: '안녕하십니까'라는 뜻의 네팔 말.

하산음(下山吟)

어깨 너머로 돌아보면 구름 한점 없는 새파란 하늘이다. 하얗게 눈을 뒤집어쓴 히말라야 연봉들이 저세상처럼 아득하다. 눈앞은 산중턱까지 검은 구름으로 덮여 있다. 비바람인가 싶더니 두둑두둑 밤톨 크기의 우박이 쏟아진다. 우비를 걸쳤는데도 어깨가 따끔거린다. 이내 우박은 굵은 빗줄기로 바뀐다.

빗줄기가 내 지난날들을 하얗게 없애버릴 것 같다.

하산길은 만년설 녹은 물을 담고 흐르는 모디콜라 강을 따라 오르고 내린다. 강물소리가 꽤 높다 싶다가 물소리가 잦아들면 천길낭떠러지 위다. 길옆으로 이어지는 숲은 울창하고 나무는 가도가도 고목이 다 된 랄리그라스*뿐이다.

주먹만한 꽃들이 너무 붉어서 무섭다.

삼천 미터 고지대에도 사람이 살아서 드문드문 집들이 보인다. 갈대로 지붕을 인 새집들이 많다. 비가 새는 우리에서 밖에 나가고 싶어 안달이 난 염소들이 움매움매 운다. 산길 옆으로 이어진 가파른 계단식 밭이 끝도 없다. 젊은 여자들이 이마에 멜빵을 걸고 비닐을 뒤집어쓴 채 달려가며 인사한다, 나마스테.

마른 고산식물 냄새를 머금은 다리와 가슴이 곱다.

산 하나가 온통 계단밭인 고원을 번개와 천둥 속에서 지난다. 하늘을 번개가 둘로 갈라놓으면 산이 무너지는 소리가 뒤따른다. 대낮인데도 사방은 초저녁보다 어둡다. 여기저기 팔을 벌리고 서 있는 벼락 맞은 고목들의 실루엣이 어둠을 배경으로 선명하다.

십만년 가면 저 벼락 맞은 고목들이 사람으로 환생한다는 전설이 있다.

비바람과 천둥 번개를 피해 길가 집을 찾아들어간다. 아기와 병아리들이 방 안을 기고 날며 삐악거리고 중년의 내외가 앉아 한가롭게 옷을 깁고 있다. 아득하게 뻗은 계단밭 아래로 번갯불에 강물이 하얗게 빛난다. 어쩌면 지금 내가 걷고 있는 이곳이 저세상과 맞닿아 있는 이 세상의 변두리 바로 그곳일지도 모른다.

내가 너무 멀리 너무 깊이 와 있다는 것을 비로소 안다.

빗속 하산길은 바로 꿈속이다. 땅을 딛고 걷는 게 아니라 구름 속을 춤추며 난다. 정신이 들어 보면 정상이 보이지 않는 벼랑 앞이다. 벼랑에서는 수십개의 폭포가 벼락치는 소리를 내며 수직으로 물을 내리쏟는다. 그 밑을 나귀 한떼가 방울을 울리며 지나간다. 저 벼랑만 돌면 그곳이 내가 사는 세상이다. 다리에서 힘이 빠진다.

나귀떼를 따라 더 먼 곳 더 깊은 곳으로 돌아가고 싶어진다.

* 랄리그라스: 네팔의 국화, 고목 같은 큰 나무에 붉은 꽃이 핀다.

포카라, 번다,* 마차푸차레

우리가 머문 호텔은 호수로 둘러싸여 있고, 마차푸차레는 하늘에서보다도 호수 속에서 더 선명하다.

오늘이 번다 첫날, 탈것이라곤 배밖에 없대서 배를 타고 거리로 나간다.

간혹 그래도 문을 연 가게가 보인다. 한결같이 싸구려 등산장비 몇개씩이 널려 있고, 주인은 존다.

간간이 착검한 총을 든 군인을 앞에 태우고 차가 지나간다. 바지 아래로 허연 다리를 드러낸 백인 여자가 자전거를 타고 위태롭게 따라간다.

포장이 벗겨진 길을 마차가 기우뚱대고, 그 위에서 마차꾼은 휘파람으로 호기를 부린다.

거리에 줄지어 서서 햇볕을 가려주는 가로수는 한결같이 가지가 하늘을 덮는 고목이다.

고목 밑에 서 있던 소년들이 볼펜을 달라고 때가 꼬질꼬질한 손을 내밀었다가, 없다니까 씩 웃고 돌아선다. 아줌마들이 "아녕하시오" 서툰 우리말로 인사를 하면서 조잡한 목각인형을 내보인다. 주름살도 웃음도 퍽 지쳐 있다.

집도 가로수도 사람들도 축 늘어져 있다.
아무데도 번다의 냄새가 없다. 그저 한가롭고 평화스럽다.

서울 뚝배기 집 주인은 늘 이곳을 떠날 태세이다. 가방을 한쪽 어깨에 멘 채 묻는 말 다 듣지도 않고 연방 문께로 돌아간다.
짜장면을 먹다가 문득 눈이 서늘하여 고개를 드니 거기가 바로 하얀 마차푸차레 설봉이다.

그 뒷골목에 포터가 아는 집이 있다. 담이 없는 그 집은 문이 열린 채 텅 비어 있다.
아흔살은 되어 보이는 이웃 늙은이가 집 앞 걸상에 무

료히 앉아 먼 산을 보고 있다.

　나는 잠시 늙은이와 나란히 앉아 설봉을 올려다본다.

　마차푸차레는 하늘에서보다 늙은이 흐린 눈 속에서 더
선명하다.

* 포카라: 네팔 제2의 도시로 안나푸르나로 가는 거점도시이다.
* 번다: 국민총파업의 네팔 말.

히말라야의 순이

하얀 설산이 바로 동네 뒷산이다,
해발 이천오백 미터 능선 위의 시노아 마을.
종일 산길을 걸어 도착하니 소낙비가 멎었다.
서슬을 세운 건너편 산비탈을 감은 구름이 걷히고 거기
곡예하듯 붙은 집들에 별 같은 등불이 켜진다.
둥둥 두두둥, 막 저녁을 먹고 났는데 뜬금없는 북소리다.
로지 안마당에서 춤판이 벌어져
성장한 젊은 여자들이 떼지어 서 있다.
크고 새빨간 랄리그라스 같다.
레삼 피리리 레삼 피리리,* 마당을 메운 사람들이 목청
을 높이고,
    날렵하기가 산양 같은 젊은 여자가 나를 춤판으로 끌
어냈다.
    내게 꽃다발을 두 개씩이나 걸어주었으나.
    춤판이 끝나고 한 젊은이가
    잔혹한 국왕을 몰아내자고 열변을 토할 때는
    그 여자의 환호와 박수가 가장 높다.

이 나라 국민의 행복지수가 세계에서 몇번째라는

그런 수치는 어떤 통계에서 나온 것일까.

포터들까지 어우러져 춤판은

폭발할 듯 굴러떨어질 듯 흥겹고도 위험하다.

수니타, 한국 이름으로 자기는 순이라고,

나를 일으켜세운 수줍음을 모르는 그 여자는 집에 가자면

슬리퍼를 끌고 어두운 산길을 한 시간은 걸어야 한단다.

국왕을 내몰기 위한 싸움에 앞장을 섰는지도 모를

예쁘고 활기찬 히말라야의 순이는 정말 행복할까.

장군님 품안에서 더없이 행복하다는

묘향산 순이의 말을 나는 믿을 수 있었던가.

어느새 어둠으로 몸을 휘감는 설산을 따라

천길낭떠러지를 기어올라온 가파른 계단밭이 술렁대고

그 아래로 까마득히 시커먼 강물소리가 높아지면서,

나그네를 위협하듯 봉우리와 봉우리가

머리와 어깨로 휘감고 조인 좁다란 하늘은

바늘 하나 꽂을 틈도 없이 별들로
가득 싸발라져 있다.

* 레삼 피리리: 네팔 사람들이 가장 즐겨 부르는 민요로 사랑
  의 고백을 내용으로 하고 있다.

제5부

누군가 보고 있었을까, 아내의 맨발을
메데진에서*

경사가 급한 산비탈에
움막집들은 빈 굴 껍데기처럼 달라붙어 있다.
지붕을 스칠 듯 케이블카는 위태롭게 기어오른다.
가끔 숨을 돌리기 위해 멈추어서는
승객들을 토해내기도 하고 또
주워담기도 하면서. 한 삼십년 전쯤 우리
산동네에서 만났던 아저씨들처럼
모두들 눈이 퀭하고 얼굴이 꺼칠하다.
골목에서 공을 차거나 줄넘기를 하는 아이들의
터진 맨발이 하늘에서도 보인다.
머리에 난 기계총도 보인다.

물지게를 지고 비탈을 올라오던
아내는 늘 맨발이었다.
밤이면 그 터진 곳이 쓰려서
잠을 설쳤다. 그때도
누군가 보고 있었을까, 아내의 맨발을.

* 메데진은 콜롬비아 제2의 도시로 인구 약 2백만, 그중 백만
이 산동네 주민이다. 그들을 위한 교통수단으로 전철이 끝나
는 데서부터 산중턱까지 케이블카가 놓인 곳이 있다.

차이니즈 레스토랑
메데진에서

붉은 지붕 흰 벽의 아름다운 집들이
한눈에 내려다보인다.
경비원이 장총을 비껴들고 문간을 지키는
이곳은 차이니즈 레스토랑.
무성한 열대의 나무들 위에 쏟아지던
빗줄기가 거짓말처럼 금세 멎었다.
화장기 없는 스페인계 소녀의 얼굴 같은
하늘 한쪽이 새파랗게 얼굴을 내민다.
비둘기보다 작고 참새보다 큰 새 한 마리
울면서 나무에서 나무로 날아간다.
카운터에는 몸집이 작은 중국 여자,
동족인 줄 알고 반겼다가 자못
실망하는 얼굴이다.
아름드리나무들의 공원이다
저 고풍스러운 거리가 자리잡은 곳, 거기서
한 달에 백명씩이나 죽임을 당한다니
도시 믿기지 않는다.

길가에 핀 꽃은 빛깔이 짙은데도
이상하게 향기가 없다.
아름다운 집들이 모두 철망 따위로
중무장을 해서일 게다.
장총을 비껴든 경비원이 들어와
우리가 부른 택시가 왔다고 손짓을 한다.

* 마약으로 악명이 높은 메데진에서는 지금도 일년에 천명이
넘는 사람들이 암살을 당한다. 그 폭력을 추방하는 운동의
일환으로 이곳에서는 매년 세계 시 축제가 열린다.

팔레스타인 해방 만세!
메데진에서

청중 태반이 여자들이고 또 그 태반이 환히 배꼽이 드러나는 티를 입었다.

울긋불긋 활짝 핀 꽃밭 앞에 내가 서 있다, 눈이 부시다.

여러 나라에서 온 시인들이 나가 시를 읽을 적마다 환호와 박수가 요란하다.

뚱뚱한 이라크 여류시인이 등장하자 환호와 박수는 절정에 달하고,

"팔레스타인 해방 만세!"

절규가 차례로 일어났다가 앉는 물결 리듬을 타고 장내를 압도한다.

조금은 살기가 나아졌다고 우리는 이들 대열에서 떨어져나온 것일까.

아무래도 나는 따돌림을 당하는 것 같아, 서럽다.

청중 속에 섞여 있던 한국 수녀 중 하나는 시인 안도현과 문학 동문이다. 만리타향에 와서 집과 밥이 없는 말 다르고 색깔 다른 사람들을 먹여주고 재워준 지 어

언 20년, 그들의 교회는 여기서도 버스를 타고 두 시간을 들어가는 곳에 있다. 가끔은 좌익 게릴라가 나와 검문을 하는 일도 있지만, 수녀나 시인은 건드리는 일이 없으니 구경 한번 오지 않겠느냐는 초청을 나는 정중히 거절한다. 영동 한 성당에서 눈이 유난히 파란 수녀가 떠주던 고깃국을 눈을 맞아가며 먹던 어린 시절의 그림은 이제 내 머릿속에서 지워진 지 오래지만.

호텔로 돌아와 생맥주를 마시는데 써빙하는 아가씨가 중동계다.

중동 어느 쪽이냐니까 사랑밖에 모를 것 같은 그 입술에서 대뜸 튀어나온다.

"팔레스타인 해방 만세!"

삼십년 전 사십년 전 우리들의 누이들도 맥주를 나르며 저렇게 당당했으리.

문득 나는 이 대열에 다시 끼여든 것 같아, 두렵다.

가장 살고 싶은 도시로 꼽았다는
샌프란시스코에서

하늘 반쪽은 시커먼 먹구름이 덮었고
나머지 반쪽은 쪽빛으로 개었다
거리 반쪽엔 소낙비가 쏟아지고
다른 반쪽은 금빛 햇살 아래 눈이 부시다

멀리 나무 없는 산언덕이
새파랗게 옷을 바꿔입기 시작하는 늦가을

대형 서점 앞에 젊은 거지가
담요를 뒤집어쓰고 앉아 있고
아랑곳없이 그 옆에서 젊은이 둘이
서로 몸을 더듬느라 정신이 없다

바짝 야윈 동양 학생이 둘
그 옆에는 덩치가 배가 넘는 백인 학생이 또 두엇
그리고 눈만 하얗게 빛나는 흑인 처녀 셋이
잔디밭에 빙 둘러앉아 열띤 토론이 한창인

이곳은 샌프란시스코
가장 많은 사람들이
세계에서 가장 살고 싶은 도시로 꼽았다는

게이들만의 거리 한복판 게이들만을 위한 극장의
이제 막 켜지기 시작하는 불빛이
유난히 밝다

미국기행
미시건에서

첫날은 날뛰는 미국 사람들이 무서워
문을 닫았다가 다시 연 지 얼마 안된다는
중동인이 경영하는 레스토랑에서 양고기로 점심을 먹
고,
둘째날은 자동차 산업의 몰락으로 유령도시가 된
디트로이트 살리기 운동을 펼치는
키가 큰 젊은 흑인을 만나
하이델베르크 프로젝트를 듣고,

아프리카 흑인이 하는 식당에서
이름 모를 야채와 수프를 먹고, 박물관에서
멕시코 화가 리베라의 벽화를 보고,
장갑차에 깔려죽은 어린
우리나라 여중생 얘기를 하고,
리베라 벽화 속의 배불뚝이 자본가가
우리나라 민중미술 인물들과 너무 닮아 놀라면서,
셋째날은 멀리 북쪽으로 달려가

젖소를 3백 마리나 키우는 농가를 구경하고,

　　10에이커나 되는 그의 사료 재배지를 구경하고,
　　트랙터며 콤바인 따위
　　최신 농기구로 들어찬 창고도 구경하고,
　　미시건 주 밖으로는 나가본 일이 없다는 고백을 들으면서.
　　넷째날은 한국 절을 찾아가
　　부처님 앞에 예불을 드리고, 선거에서 대승한
　　부시의 오만한 얼굴을 텔레비전에서 보면서,
　　침방울을 튀기며 이라크 공격을 반대하는
　　한국서 군복무를 마쳤다는 젊은이와 한나절을 동행하면서,

　　장갑차에 깔려죽은 어린
　　우리나라 여중생 얘기를 하고.

세계화는 나를 가난하게 만들고
보르도에서

나는 지금 보르도에 와 있다. 프랑스 포도의 주산지.
'시골'이라는 뜻의 이름을 가진 술집에 앉아
뉘어서 3년, 앉혀서 3년, 다시
거꾸로 세워 3년을 묵혔다는 명포도주를 마시며
창밖의 섹스 용품점을 내려다보고 있다.
아버지가 가끔 업고 다니던 그
아편쟁이의 속옷 색깔은 어떠했을까.
세계화에 등 떠밀려 여기까지 와서
가까이 전차 지나가는 소리를 듣는
내 머릿속에 갑자기
아버지가 떠오르는 까닭을 나는 모르겠다.
아버지는 길가 주막에 앉아
지나가는 나그네 잡고 말붙이는 것이 낙이었다.
그 나그넬 따라 멀리 떠나는 것이 꿈이었으리.
문득 여기 앉아 포도주를 마시는 것이 아버지고
주막집 마루에 앉아 있는 것이 나라는 생각을 한다.
아버지 멀리 떠나오니 행복하세요?

아니다, 이제 나는 그 주막집 마루로 돌아가고 싶다,
그 가난하던 마을로 되돌아가고 싶다.
그렇게 대답하는 것은 나인가, 아버지인가!

세계화는 나를 가난하게 만들고,
세계화는 나를 왜소하게 만들고.

보르도에서 만난 부처님

고풍스러운 술집 벽에 부처님 초상이 걸려 있다.
아니 저건 석굴암 부처님이 아니신가.
나는 반가워 넙죽 엎드려 절을 하는데
부처님 냅다 내 마빡을 갈기며 일갈한다.

에끼, 이 소갈머리 없는 놈, 절은 무슨 절이냐!
나 여기서 돈 많이 벌 거다. 뉴욕도 가고
런던도 가고 마드리드도 가서, 돈 잔뜩 벌어다
극락을 정말 극락답게 꾸밀 게다.
부시도 코이즈미도 부러워하고 블레어도
탐이 나서 마침내 투자를 하지 않고는 못 배기는
화려하고 멋진 극락을 만들 게다
너같이 땡전 한푼 없는 놈
절 받아 내 무엇하랴

나는 머쓱하니 물러나 구석에 가 나앉는다.
아무래도 나는 세계화와는 거리가 먼 모양이다.

돌아가 동네 키 작은 부처님이나 찾아갈까보다.

사막 건너기
몽골에서

황량한 초원을 조랑말을 타고 건너자
허리에는 말린 말고기 한줌 차고.
톈산(天山)을 넘어 눈보라 속을 내달렸을
날렵한 몽골 기병처럼.
유목민 게르에 들어 몇밤 지새다보면
너무 지쳐 돌아올 길 아예
잃어버릴는지도 모르지.
누우면 하늘을 가득 메우고
내 온몸을 따듯이 감싸주는 수많은 별이 있고.

이방인의 문전을
조랑말을 앞세우고 기웃대다보면
어쩌면 이 세상이 다시 그리워도 지겠지.
도시의 매연과 소음까지
어른어른 꿈결 속에 보면서,
내 못나고 천박한 짓이 전생의 일처럼
아득해지면서.

어깨에는 물병 하나 삐딱하게 메고
바람 부는 초원을 조랑말에 업혀 건너자.

초원의 별
몽골에서

닥지닥지 하늘에 붙은 별무리에서
낮게 떨어져내려온 저 별에
나 같은 사람 또 하나 살고 있나보다,
평생을 두고 해온 일 문득 부질없어
그 허전함 메우리라 이 먼 나라까지 와서도
이번에는 그것도 부질없어 저녁 한나절을
낮잠으로 보내는 나를 한밤중에 몰래
불러내는 것을 보면.

듬성듬성 초원에 핀 꽃들을 보게 하고
조랑말처럼 초원에서 뒹구는
날렵한 두 처녀 활기찬
웃음소리를 듣게 하는 것을 보면.

외진 장터에서도 후미진 산속에서도
찾지 못했던 나 같은 사람 또 하나
저 별에 살고 있나보다,

모든 걸 버리리라 이 먼 나라까지 와서도
아무것도 버리지 못하고
엉거주춤 서 있는 나와 밤새
동무가 되어주는 것을 보면.

어깨

몽골에서

'샌베노'(안녕하십니까)
'바야를라'(고맙습니다)
내가 아는 단 두 마디의 몽골말이다.
홉스굴 호수에서 만난 아줌마들은
내 이 인사말에 웃으며 대답했는데
150킬로미터 초원을 가로질러가는
우리 차를 얻어탄 몽골 옷의 악사는
묵묵부답이다.
들고 있는 것이 악기 같아
무슨 악기냐니까 그냥
옛날 악기라고만 말한다, 통역한테.
말떼, 양떼, 소떼, 야크떼가 천지에 널린 풀밭에서
싸온 양고기 도시락을 펴놓고 먹으며
맛있느냐 물어도
전혀 표정이 없다.
먼지가 폭삭거리는 한 소읍에 와서
그는 악기를 들고 인사도 없이

골목으로 사라진다.
섭섭할 것도 쓸쓸할 것도 없이.
오늘밤 이곳에서
외국인들을 위한 공연이 있을 거란다.

한 오십년쯤 전
안성 장터 어느 골목으로 사라지던
떠돌이 젊은 악사와 닮았다 그 어깨가.
몇봉지 약을 팔기 위해 저녁 한나절 기타를 켜고는
절뚝거리며 골목으로 들어가던 그 어깨와.

조랑말
몽골에서

조랑말들이 돌아다닌다 탁자와 탁자 사이를
양손에 500cc짜리 맥주잔을 들고서
젖은 풀냄새 마른 흙냄새를 풍기며
조랑말이 돌아다닌다 자본주의의 악취 사이를
맑은 미소로 음흉한 눈길을 차단하면서
날렵한 다리로 춤을 추듯 돌아다닌다
새파란 하늘 작은 풀꽃들을 불러들이며
말떼 양떼까지 친구로 불러들이며
자욱한 소음을 청명한 새울음으로 바꾸면서
조랑말이 돌아다닌다 탁자와 탁자 사이를
탁한 매연을 시원한 흙바람으로 바꾸면서
야크떼 소떼까지 휘파람으로 불러들이며
주점을 온통 새파란 초원으로 바꾸면서
마침내 자본주의의 시큼한 악취까지
향긋하고 상큼한 풀냄새로 바꾸면서

나는 왜 시를 쓰는가

내가 시 쓰는 일에 처음 회의를 느낀 것은 문단에 나온 직후였다. 추천을 받은 작품은 「낮달」「석탑」「갈대」 등 이른바 순수 서정시였는데, 그 무렵 서울은 전쟁의 상처가 아직 아물지 않아, 곳곳에 폭격이나 포격으로 허물어진 집들이 즐비하고 거리에는 팔다리를 잃은 상이군인이며 먹고살 길을 찾아 거리에 나선 부녀자들로 넘쳤다. 상경한 지 얼마 되지 않았던 때로, 나를 사로잡고 있는 것은 절망감이었지만, 내 시는 내 절망감과는 동떨어진 것이었다. 내 서정시는 내 마음을 정직하게 표현하고 있는 것이 못되었다. 내 시가 우리 사는 일과 무슨 관계가 있는가라는 질문을 스스로에게 던지면서, 회의 속에서 서서히 시와 멀어져가고 있었다.

그 무렵 내가 즐겨 다니던 곳이 청계천과 동대문 일대의 헌책방이었다. 복개되기 전 청계천은 속칭 '나이아가라'라는 술집들로 빽빽하게 들어차 있었는데, 동대문이 가까워지면서 술집들은 헌책방으로 바뀌었고, 책방마다 깊은 서재에 숨어 있다가 먹을 것과 바뀌어 쏟아져나온 책들로 넘쳤다. 학교는 가는 둥 마는 둥 종일 이들 헌책방을 빈둥대는 것이 내 일과였다. 나는 여기서 그동안 단편적으로만 보아왔던 백석, 임화, 이용악 같은 시인들과 다시 만날 수 있었으며, 카와까미 하지메(河上肇), 백남운, 전석담 같은 사회과학자들도 새롭게 알게 되었다. 더욱 중요한 것은 이곳에서 나처럼 무엇인가를 찾아 방황하는 새로운 친구들과 만나게 되었다는 사실이다. 나는 이들과 어울려다니며 책을 뒤지고 차와 술을 마시고 밤늦도록 떠들어댔다. 외국사람들을 흉내내 독서회 비슷한 것도 만들었으며, 금방 눈앞에 새로운 세상이 펼쳐지기라도 할 듯 설쳐댔다. 나는 세상을 위해서 아무것도 할 수 없는 시가 시시해지고 문학이 우스워졌다. 시 따위 쓰지 않으면 어떠냐 하는 건방진 생각조차 하게 되면서 시에는 더욱 게을러졌다. 이때 어울려다니던 한 선배가 어떤 사건에 연루되어 잡혀가는 일이 벌어지고, 이를 계기로 겁이 많은 나는 일단 시골로 귀향하게 되는데, 이것이 십여 년 시골살이의 단초가 되고 말았다.

아버지는 이미 자식들 학비와 사업의 실패로 농토를

거의 팔아 없애 농삿거리도 제대로 없을 때였다. 봄이면 안마당에서 작약 뿌리를 캐어 팔아 양도(糧道)를 마련할 정도였다. 게다가 월급쟁이로 평생을 보낸 아버지는 갑자기 닥친 이런 가난에 당차게 맞설 위인이 되지 못했다. 시골집도 내가 마음 편히 지낼 곳이 못되었던 것이다. 할머니는 하는 일 없이 부자가 마주앉아 밥만 한 사발씩 축내는 것에 짜증을 냈으며, 아버지는 할머니의 괄시를 내 탓으로 돌렸다. 더 견딜 수 없는 것은 내가 무언가 큰일을 하고 말 것이라는 터무니없는 어머니의 믿음과 기대였다. 나는 어머니의 믿음과 기대에 부응하려면 진로를 바꿔야 한다고 생각하면서 여러 시도도 해보았으나 단 하나도 마음대로 되는 것이 없었다. 자연 나는 밖으로 떠돌 수밖에 없었다. 가까운 댐 공사장으로 건달 친구를 따라가 보름씩 신세를 지기도 하고 광산에서 일하는 선배를 찾아가 한달씩 공밥을 얻어먹기도 했으며, 행상을 하는 친구를 좇아 여러 날 장을 떠돌기도 했다. 실제로 공사장에서 며칠 동안 짐을 져보기도 하고 광산에서 서기 노릇도 했으며 장사를 해보겠다고 신발 따위 물건을 떼어 돌아다녀보기도 했다. 그러나 번번이 일이 너무 힘들어 내 밥벌이는 단명으로 끝났고, 이 무렵 내가 한 일 중 그래도 제법 일다운 일은 학원에서 아이들에게 영어를 가르치거나 개인교습을 해서 잔돈푼을 버는 것 정도였다. 십년 가까운 세월을 거의 하는 일 없이 건달로 살았다고 말하는 편이 옳을 것이다. 쓸데없는 말과 행동으로 친구들에게 피해를 주어 '또라이' 소리도 예사로 들었다. 이때 나는 밥벌이를 한다는 것이 얼마나 소중하고 어려운 일인가를 뼈저리게 느꼈으며, 이 땅이 참으로 살기 힘든 곳이라는 사실도 비로소 절감했다.

하지만 이때 나는 세상을 다시 공부했다는 생각이 든다. 그때까지만 해도 농촌에 산다고는 하나 농촌을 제대로 보지 못했으니, 가령 봄이면 굶고 여름에도 점심은 건너뛰고 아침저녁을 죽으로 견디는 이웃들의 사정이 바로 내 사정이라는 것을 알지 못했던 것이다. 더 중요한 것은 우리 역사가 할퀴고 간 자리를 곳곳에서 볼 수 있었다는 점이다. 예컨대 바로 이웃 동네에는 같은 날 아버지 제사를 지내는 집이 여남은은 되었으니, 그 동네는 온통 과부 천지였다. 보도연맹이다 부역자다 해서 같은 날 학살당한 사람이 여럿이고 또 그 보복으로 똑같이 죽임을 당하기도 한 것이다. 한동네 살면서 평생 서로 얼굴도 안 보고 사는 사람들도 허다했다.

그 무렵 내게 다시 글을 쓸 기회가 오리라고는 생각하지 않았다. 하지만 만약 글 쓸 기회가 다시 온다면 남이 아닌 이웃들의 정서나 설움, 얘기 같은 것을 외면하지 않겠다는 생각을 막연하게 했다. 그래도 그 십여 년 동안 시에 대한 미련은 버리지 못했던 것 같다. 단 한편도 발표하지 못하면서도 어쩌다 노트 같은 데 몇편의 시를 끼적였으니 말이다. 그렇게 쓴 시들이 「눈길」 「그날」 등이다. 친구와 막 영어학원을 벌이고 있을 때, 길에서 우연히 만난 고(故) 김관식 시인한테서 함께 서울 올라가 다시 시를 써보자는 제의를 받고 뛸 듯이 기뻐했던 것도 내가 시를 잊지 못하고 있었다는 증좌다. 그의 말에 별로 무게가 실려 있지 않다는 것을 모르지 않으면서도 나는 그를 따라 무작정 상경했다. 갑자기 시를 쓰지 않고서는 살 수 없을 것 같았기 때문이다. 이렇게 상경하여 십여 년 만에 시를 썼으니 그것이 「겨울밤」이다. 이 시가 신문에 나오자 친구들은 의아하다는 반응을 보였다. 내 초기시에 호감을 가졌던 한 친구는 너무 오랫동안 시를 접하지 않아 감각이 이상해진 것 아닌가라는 투로 말을 했다. 그래도 나는 개의치 않고 몇해 동안 「시골 큰집」 「원격지」 같은, 시골에 있으면서 언젠가 꼭 쓰겠다고 생각한 시들을 써나갔으니, 시는 그 시대의 문제에 대한 질문이요 대답이라는 내 나름대로의 시에 대한 생각을 가지고 있었기 때문이다. 또한 시는 사람이 사람답게 살기 위한 조건을 만드는 데 일정한 부분 책임을 져야 한다고 생각했다. 시도 사람과 사람이 나누는 대화인만큼 소통이 중요하다는 생각도 했다. 『농무(農舞)』(1973)의 시들이 이때 쓴 것들이다. 이 무렵 나는 순수 우리말이라는 개념에도 지나치게 경도되어 있지 않았나 싶다. 시에서 제목만은 어쩔 수 없다 하더라도 적어도 본문에서 한자는 철저하게 배제했으며 외래어도 가능한 한 쓰지 않았다. 기회가 있으면 한글 전용이나 순수 우리말을 지키자는 논지의 잡문도 마다하지 않았다.

시는 그 시대의 요구에 대한 해답이 되지 않아서는 안 된다라는 명제에 나는 한동안 충실했다. 또 시가 아름다운 세상을 만드는 데 작으나마 기여해야 한다는 생각도 바뀌지 않았다. 결국 내 시는 반유신, 반군사독재적 성격을 띠지 않을 수 없었으며, 시는 그 무기가 되기에 충분하다는 과격한 생각까지 했다. 그러나 마음 한구석에는 아름다운, 더 많은 사람들에게 감동을 주는 시를 쓰고 싶은 유혹이 도사리고 있었고, 이것이 드러나면 후배나 동료 들은 나를 문학주의자로 비판하고 매도했다. 나는 이 비판과 매도에 항시 약했다. 결국 내 시는 경직될 수밖에 없었고, 언제부턴가 나는 시를 쓰는 일이 지루하고 싫어졌다. 적어도 신명이 나지 않고는 시를 쓸 수 없었는데,

시 쓰는 일에 나는 전혀 신명이 나지 않았던 것이다. 내가 민요에 관심을 갖기 시작한 것도 그 무렵부터가 아니었나 싶다. 민요적 정서를 시 속에 도입해서 내 시를 한 단계 업그레이드해보자는 생각이었다. 평소 민요를 좋아하던 나는 열심히 민요를 찾아다녔고 민요와 관계되는 일도 했으며, 민요적 성격의 시를 시도했다. 그러나 민요와의 접목은 내 시를 더욱 답답하게 만들었다. 민요는 역시 한 시대 이전의 정서요, 그 말들은 오늘 살아 있는 말로 되살리기가 쉽지 않았던 것이다. 내가 민요에 집착한 80년대 전 기간이 내게는 시 쓰기가 가장 어렵고 지루한 시절이 아니었는가 싶다.

『길』(1990)의 시들을 쓰면서 나는 서서히 민요의 중압에서 헤어났다. '민요는 우리 것'이라는 고지식한 논리에서 벗어나 배울 것은 배우되 버릴 것은 과감히 버리자고 생각한 것이다. 이때 배운 또 한 가지는 시 쓰기 역시 무엇인가 새로운 것을 찾아다니는 행위라는 점이었다. 남이 알지 못하는 것, 남이 보지 못하는 것, 남이 만지지 못하는 것을 알고 보고 만지기 위해 찾아다니는 일, 그것이 바로 시 쓰기란 점을 민요를 찾아다니는 마지막 단계에서 깨닫게 된 것이다. 그러한 것을 분명하고 힘있게 얘기할 때 남도 다 낼 수 있는 목소리가 아니고 나만의 목소리를 내게 되며, 그것이 아름답고 감동적인 시가 되는 것이 아닌가, 이런 생각을 한 것이다. 시는 그 시대의 질문이요 대답이란 명제도 그랬다. 그 시대의 삶에 깊이 뿌리박는 것으로 충분하지 그 이상의 해답은 있을 수 없었고, 오늘의 내 삶, 우리들의 삶에 충실한 시를 쓰자, 이렇게 마음을 정하면서 나는 시 쓰는 일이 조금씩 편하고 즐거워지기 시작했다. 통일이나 노동 문제를 다루지 않은 시가 어찌 오늘의 좋은 시가 될 수 있는가라는, 강풍처럼 몰아치던 일부 과격한 질타를 차단하니 시 쓰는 일에 비로소 신명이 났고, 시에 활기도 생겼다.

『어머니와 할머니의 실루엣』(1998) 『뿔』(2002)의 시들을 쓰면서 나는 명확하게 나의 길을 잡게 되었다. 결국 남이 못하는 것을 보고 듣고 만지기 위해, 생각 속에서 현실 속에서 힘껏 내달려, 그것을 남들이 가지지 못한 목소리로 노래하는 것이 내 시의 길이었던 것이다. 하지만 내 시가 오늘 우리들의 아름다운 삶을 제약하는 여러 조건과 맞서는 일에도 등한하지 않아야 할 것이라는 생각도 버리지 않았다. 민족이니 민중이니 민요니 하는 것들이 더이상은 내 시의 족쇄가 되지 않고 활기를 불어넣어주는 바람이 될 것이라는 확신도 생겼다.

그러나 이번 시집 『낙타』의 시들을 쓰는 동안 나를 사로잡았던 가장 중요한 생각은 시 작업이야말로 세계화, 디지털 시대에 가장 적합하지 않은 일일 수도 있다는 것이다. 모든 것이 빨리 변하고 쾌속으로 질주하는 속에서 시는 어쩔 수 없이 느린 걸음으로 걸을 수밖에 없기 때문이다. 어쩌면 시는 언젠가는 버려질 방언 같은 것일는지도 모른다. 그러나 빠른 흐름 속에서, 또 세계의 말이 온통 하나로 통일되어가는 세계화 속에서 느린 걸음, 방언은 비단 무의미한 것은 아닐 터이다. 그 느림과 방언에서 오늘의 우리 삶이 안고 있는 갈등과 고통을 덜어줄 빛을 찾을 수도 있고, 병과 죽음을 몰아낼 생명수를 찾을 수도 있는 것이다. 나는 근래 두리번거리면서 느릿느릿 걸어간다는 생각으로 시를 쓴다, 많은 사람들이 알아듣지 못하는 방언을 중얼거리면서.

2008년 2월
신경림

* 이 글은 『나는 왜 문학을 하는가』(공저, 열화당 2004)에 실린 산문을 수정한 것이다.

창비시선 284

낙타

초판 1쇄 발행 / 2008년 2월 22일
초판 14쇄 발행 / 2024년 6월 18일

지은이 / 신경림
펴낸이 / 염종선
책임편집 / 박신규
펴낸곳 / (주)창비
등록 / 1986년 8월 5일 제85호
주소 / 10881 경기도 파주시 회동길 184
전화 / 031-955-3333
팩시밀리 / 영업 031-955-3399 편집 031-955-3400
홈페이지 / www.changbi.com
전자우편 / lit@changbi.com

ⓒ 신경림 2008
ISBN 978-89-364-2284-4 03810